Für Justin

Playlist

After Our Dawn - Taylor Conrod
self (less) - Taylor Conrod
Dead in the Water - Falling North (feat. Zack Gray)
In The Stars - Benson Boone
You were there for me - Henry Moodie
Someone you loved - Lewis Capaldi
Be Alright - Dean Lewis
Train Wreck - James Arthur
Car's Outside - James Arthur
Hold On - Chord Overstreet

»Versprich mir eins«, sagte er eines nachts mit Tränen in den Augen. »Gib deinen Gedichten Raum. Hauche ihnen Leben ein und lass sie frei. Deine Worte sind zu wertvoll, um sie zu verstecken.«

Ich nahm seine Hand und lächelte. »Versprochen.«

Vorwort

Wenn man weiß, dass das eigene Leben bald endet, wird einem klar, welche Dinge wirklich von Bedeutung sind.

Es sind Momente. Momente, in denen du spürst, du atmest, du fühlst, du liebst und du lebst.

- In Gedenken an dich. Weil du mir mehr als einmal gezeigt hast, dass es nie zu spät für Veränderungen ist. Ich bin so stolz auf dich!

Die folgenden Gedichte erzählen die Geschichte zweier junger Menschen, deren Herzen immer wieder vom Schicksal gebrochen wurden und die dennoch nie den Glauben an das Leben aufgeben wollten.

Ursprünglich waren die Worte nur für zwei Augenpaare gedacht, doch es fühlt sich nun richtig an, sie mit mehr als nur einem Menschen zu teilen.

In diesem Sinne:

Tauche ein in die schönsten und traurigsten Momente, die mich in den letzten Monaten während unserer Reise bewegt haben.

Freiheitsmelodie

Lass den Kopf kreisen
um die kühle Windbrise,
die deine Sinne
vollständig vergessen lässt.

Nur du. Im Moment.
Ein Kamerabild
in einem weiteren Kapitel
deines Lebens.
Atme; ganz für dich
und lass die Melodie des Windes
zu Schwanensee tanzen.

Wie dein Inneres aufgewirbelt wird,
du dich fragst, was wohl geschieht,
und doch vergisst zu atmen.

Oblivion im Morgentraum

Wie ich dort stand,
das Gesicht in Richtung
des blauen Himmels geneigt,
umgeben von holder Goldluft.
Spürte das Weltkind in mir,
das sich zu verstecken versuchte.
Große Augensterne, gerichtet auf den Aar,
der über mir flog.

Wie ich dort stand,
beobachtend, wie mein Herz zu grünen
begann.
Das Plätschern des Borns,
das meine Adern durchflutete.
Pas de deux.

Stille.
Nur ich allein,
der lichtgrünen Melodie lauschend,
die meine Seele einnahm.
Mein Körper, der sich zu bewegen begann,
im plötzlichen Blütenschnee,
gefolgt von den Farben des Lebens.

Erwache im Stillen,
fest gepackt
vom Sturm der Magie,
der mich in seine Heimat nahm
und nie wieder gehen ließ.

Fantasie,
ein schützender Mantel,
der meinen stummen Wunsch
vor der Welt verbarg.

Mein Körper
der sich der Wärme entgegenstreckte
und sie doch nicht fand.

Seelenpoesie

Kühle Sonnenstrahlen
In tiefer Dunkelheit
Geborgenheit.
Schließe die Augen
Vor dem Anblick
Des farblosen Himmels
Sorgenfrei.
Stumme Schreie
Tief aus mir hinaus
Reinigung.
Leichtes Blinzeln
Ein kleines Lächeln
Freiheit.

Und plötzlich, da
wünsche ich mir nichts sehnlicher
als mich im Universum zu verlieren.
Den Sternen so nah,
immer leidenschaftlicher,
um zu realisieren, dass ich
träume.

Glanzgedanken

Geblendet
von dem hellen Licht vor mir,
das mir den Weg weist.
Ich folge ihm,
doch traue mich nicht, die Abzweigung
ins Dunkel zu wählen,
die mich an mein Ziel gebracht hätte.

Willenswunsch

Du schaffst es nicht, sagen sie.
Folge deinen Träumen, sagen sie.
Du bist zu schwach, sagen sie.
Vertraue auf deine Stärken, sagen sie.
Du wirst verlieren, sagen sie.

Mach es nicht!
Bleib hier!
Riskiere nicht!

Doch, sage ich.

Der leise Atem des Windes
Umhaucht meine Wangen.
Meine Wimpern zucken,
Während die wärmende Sonne
Auf meine Haut trifft.
Viel zu lange hatte ich gewartet,
Auf den perfekten Moment,
Der niemals kam.

Langsam wie Kaugummi
Zog er an mir vorbei, doch
Ich nahm ihn nicht wahr.
Viel zu sehr umklammerte mich
Die Angst, zu verpassen, wonach
Ich suchte.

Philosophische Explosion

Wenn du tust,
obwohl du nicht sollst,
du fragst,
obwohl die Stille gelobt wird,
du kämpfst,
obwohl Aufgeben leichter ist,

dann trifft Wille auf Vernunft.

Schmetterlingsherz

Tag für Tag
Stunde für Stunde
Minute für Minute
Sekunde für Sekunde
Nur mit dir, kleines Herz.

Lyrics des Herzens

Die sanfte Berührung
An meiner Taille,
Wie eine prickelnde Falle
Kurz vor der Entführung.

Dein Lächeln
Ein Tanz meiner Sinne
Meine Hände in deinen
Leitest mich, verführst mich,
Rettest mich.

Ein Blick in deine Augen, ein Blick in deine Seele,
und ich weiß, solange du mich festhältst,
werde ich dich niemals loslassen.

Unser einziges Immerwieder

Meine Hände gleiten
Über all deine Sinne
Jagen sie auf und ab

In einem Wirbelsturm
Aus Eiskristallen
Erkunden sie deine
tiefsten Geheimnisse

Sie halten dich
Tragen dich
Beschützen dich

Ich sehe dich
Deine Augen
Deine Lippen
Dein Lächeln
Taktvoll in meinem Herzen.
Schmiege mich an dich,
Während die Musik
Unseren Weg leitet.

Schließe die Augen,
Um für eine Sekunde
Zu träumen
Zu atmen
Zu leben

Es heißt, man müsse erst lernen,
sich selbst zu lieben, bevor man
andere lieben kann.
Doch wie das funktionieren soll,
verschweigt man uns.

Vereint

Wie ein einziger Sonnenaufgang in deinen Augen
funkeln all die Seelen deiner Selbst.
Nun vereinen sich die Fäden,
gewoben aus dem Wunsch des Lebens,
zu einem Einmachglas voll Nostalgie.

Wie ein einziger Ozeanruf aus weiter Ferne
tanzen all die Noten über den Wellen.
Nun schweben deine Sorgen,
entstanden durch die Sehnsucht der Liebe,
über der Korallenwelt des Meeres.

Wie ein einziger Windhauch deiner Stimme
wirbeln all die Rosenblätter durch die Luft.
Nun verlieren sich die Sternschnuppen,
gefangen im dunklen Himmelszelt,
in den Weiten der Fantasie.

Sie war die Sonne,
die seine Schatten verdeckte.
Er war der Mond,
der ihre Geheimnisse bewahrte.

Ruhe vor dem Sturm

Nichts fühlt sich hoffnungsvoller an,
als das zarte Grün,
das auf deiner Stimme tanzt,
während sich der Sturm in unseren Augen
langsam in einen Hurrikan verwandelt.

Verführte Sinne

Die prickelnde Hitze, langsam und zahm
Deine Lippen dicht vor meinen
Das Feuer in meinen Augen gefriert
Angst.

Dein stechender Blick über meinem Körper
Deine Zunge auf meiner Haut
Plötzlich werden die Stimmen laut
Angst.

Wie deine Finger über mein Bein sausen
Deine Berührungen mich aufatmen lassen
So können meine Sinne nicht fassen
Angst.

Deine verlockende Stimme, tief und klar
Lässt mich fragen, wie ich war
Bevor ich anfing, dich zu lieben
Angst.

Verkehrte Welt

Meine Stimme in deinem Kopf
Meine Worte in deiner Sprache

Meine Gefühle in deinem Körper
Meine Gesten in deinen Händen

Dein Lächeln auf meinen Lippen
Deine Wärme auf meiner Haut

Dein Leben in meiner Hand
Dein Herzschlag in meiner Brust

Stumme Gedanken

Nichts.
Da war nichts.
Nur ich, meine Gedanken haltend,
Im Sommerregen ganz allein.
Und wie ich war,
Ließe den Schmerz nicht heraus.

Du.
Da warst du.
Nur du, unsere Gedanken haltend,
Im Sommerregen ganz allein.
Und wie du warst,
Ließest den Schmerz aus dir heraus.

Doch wo ruhte er?
Bei mir.

Hilflos

Stille
Aus dem tiefsten Meer,
In dessen Dunkelheit ich
Immer weiter hinabsinke.
Strecke meine Hand
Nach dir aus, doch
Du drückst mich unter Wasser,
Bis ich keine Luft mehr bekomme.

Wortdunst

Niemals auch nur eine Nacht
bei dir.
Niemals auch nur ein einziges Wort
zu dir.
Niemals auch nur einen Blickwechsel
mit dir.

Du fragst warum,
doch kennst du die Wahrheit.
Jeder Tag mit dir,
eine einzige Lüge,
versteckt hinter den Masken
unserer Vergangenheit.

Ich soll mal leben

Und wieder einmal frage ich mich, wie
das Leben das nur hinbekommt.
Wie es mir sagt, ich soll mal leben.
Mehr und mehr und mehr
in diesem Wunderland der Fantasie.
Und jeden Tag ja warte ich darauf,
dass du es wieder tust.
Dass du herkommst
und mir sagst:
Hey, ich soll mal leben.

Verrate mir:
Wie soll ich leben,
wenn du mich nicht lässt?

Verklang

Du vertraust mir,
ohne meine Lügen zu kennen.

Du verzeihst mir,
ohne meine Gründe zu erfragen.

Du verletzt mich,
ohne mich je gekannt zu haben.

Du liebst mich,
ohne mich je berührt zu haben.

Nur ich

Und wieder war ich diejenige,
die in Tränen ausbrach.
Ich war es, die den Schmerz
ertrug.
Ich war es, die die verletzlichste
Seele in sich trug.
Nur ich, so dachte ich.
Niemand sonst.

Schmerzvolle Verbindung

Unsere Körper
Dicht aneinanderschmiegend
Wirbeln auseinander
Wieder zusammen
Melodien bringen unser
Blut zum Kochen
Dabei bist du
Nicht hier
Doch fühlst du trotzdem
Jeden einzelnen Schlag

So lange wollte ich sie schmecken,
die süße Unendlichkeit,
die in dir wachte.
Doch was ich nie bedachte:
Die unschuldige Verliebtheit
war der größte Schrecken
IN UNS.

Wie kann es sein,
dass Kämpfen plötzlich
leichter ist
als Aufgeben?

Deine Augen blicken ins Leere
Wie jedes Mal,
Wenn du mich ansiehst.
Nie war da mehr
Als ein Funke in der Schwärze,
Umrandet vom Ozean,
Den du nie überqueren konntest.

Höllenritt

Deine Erwartungen,
So klar wie die Tränen,
Die ich vergoss.
Nie konnte ich das Warum
Verstehen, das du verschwiegst,
Bis ich vor dir
Zu Boden ging.

Nicht mehr für dich

Wie lange noch willst du sehen,
Dass ich dir keine Beachtung schenke?
Du solltest einfach gehen,
Bevor ich bedenke,
Dass du derjenige bist,
Der mich verlassen hat.

Meine Entscheidungen
Meine Ziele
Meine Handlungen
Nicht mehr für dich.

Da ist es!
Das Gefühl
So warm und doch so kalt.
Mein Körper
So stark und doch so schwach.
Meine Gedanken
So klar und doch so trüb.

Was ist passiert?
In diesem Moment der Unachtsamkeit
Mitten in der Unendlichkeit.

Mein Herz springt
Mein Atem hängt
Doch meine Sicht verdrängt
Das wahre Böse.

Lass los!

Flucht

Vielleicht war ich
Allein
Letzte Nacht
In den Fängen meiner
Träume
Die mich versinken ließen in
Angst
Die niemals endet.

Vielleicht konnte ich
Fliehen
Durch den
Schmerz
In dem ich ganz
Allein
Gefangen war.

Vergessenheit

Nur noch eine Nacht
in der Finsternis der Sterne,
bis der Schmerz endlich erlischt.
Ein einziger Atemzug,
andauernd bis zum Morgengrauen.

Du sagtest, ich sei vollkommen,
doch ich glaubte dir nicht.
Du sagtest, ich sei besessen,
doch ich glaubte dir nicht.
Du sagtest, ich sei unendlich,
doch ich glaubte dir nicht.

Zu viel Schmerz floss durch
meine Adern.
Zu viel Vertrauen, das immer wieder
gebrochen wurde.
Du viel Hoffnung, die
nie erfüllt wurde.

Bedeutungslos

Immer wieder denke ich darüber nach,
was wohl passiert wäre,
wenn ich dich nicht verlassen hätte.
All die Augenblicke im Schein der aufgehenden Sonne.
All die Funken in deinen Augen,
die nach und nach erloschen.
All die Versprechen, die nie gehalten wurden.

Wie lang hätt' ich das ertragen können?

Stummes Labyrinth

Verirrt im Labyrinth meiner Gedanken
Kein Entkommen
Jede Abzweigung, ein tieferer Weg
Ins Innere
Keine Hoffnung
Jede Sekunde, weitere Zweifel
Keine Kraft
Jeder Atemzug, ein weiterer Messerstich
Ins Herz.

Warum hört mich niemand?
Warum hilft mir niemand?

Meine Schreie bleiben stecken
Meine Tränen bleiben verborgen
Meine Gedanken greifen an

Warum hört mich niemand?
Warum hilft mir niemand?

Die Fassade bröckelt,
Der Mondschein tritt hindurch,
Doch ich glaube längst nicht mehr an Hoffnung.

Warum hört mich niemand?
Warum hilft mir niemand?

Weil Gedanken stumm bleiben.

Wie lange wohl renne ich davon?
Zu lange.

Taublos

Spring, ruft die Angst.
Mach es nicht, ruft die Vernunft.
Doch ich höre sie nicht.

Doch dann verschwand die Sonne
In meiner Welt aus Schatten.

Selbst

Schwerer Atem,
Gebündelter Hass.
Wie kannst du es wagen,
Mir gegenüberzutreten,
Mich anzusehen, als sei ich
Ein Nichts.

Immer größer wird die Last,
Die du auf meine Schultern drückst.
Du darfst es nicht.
Du tust es trotzdem.
Wie kannst du mich so bestrafen,
Für ein Handeln, das ich niemals
Bereuen werde.

Hör auf!
Lass mich in Ruhe!
Du bist gefährlich,
Allein für mich.

Ertrage deinen Anblick nicht mehr.
Zu viel Schmerz.
Schlage so lange auf dich ein,
Bis meine Hände zu bluten beginnen.
Mein Blick,
Durchzuckt von winzigen Punkten.
Scherben auf dem Holz.
Endlich bist du tot.

Ja, es tut weh.
Jeden Tag aufs Neue
Die Angst zu spüren,
Die mich heimsuchte,
Als ich aufgeben wollte.

Ja, es ist schwer.
Jeden Tag aufs Neue
Ein Lächeln aufzusetzen,
Obwohl ich innerlich zerbreche.

Ja, es ist hart.
Jeden Tag aufs Neue
In deine Augen zu blicken,
Und nichts als Leere zu finden.

Ja, es zerstört mich.
Jeden Tag aufs Neue
In den Spiegel zu schauen,
Und niemanden zu sehen.

Geh nicht, sagt der Verstand.
Ich muss, antwortet das Herz.

Niemals mehr

Lautes Dröhnen
Leise Bässe
Wellen in meinem Körper
Ich atme auf
Blinzle so lange
Bis die Flut mich
Reinigt.

Dunkle Impulse
Jagen durch all meine
Blutbahnen
Lähmen mein Bewusstsein
Bis ich schließlich
Aufwache.

Öffne die Augen
Fühle den Schmerz
Der wie ein Raubtier
Auf meine Sinne gehetzt wurde.

Dämmerungsstille

Tote Nächte
Direkt vor mir
Zerbröckelte Hoffnung
Vor meinen Füßen
Wütende Wolken
Über der Schwelle
Aus Angst
Die ich zu überwinden versuche

Getrocknete Tränen
Auf meinen Wangen
Glitzer
In meinen Augen
Kalte Peitschenschläge
Direkt in mein Gesicht
Der Blick geradeaus
Mitten ins Leere
Versuche mich zu bewegen
Der Dunkelheit zu entkommen
Doch ich bleibe stehen.

Seelenschnitt

Doch
es gab einen Geist,
einen einzigen,
den du nicht
kontrollieren konntest:
deinen eigenen

Überwunderung

So weit weg
Von all den Momenten,
Die wir uns schenkten.

So weit weg
Von all dem Zauber,
Den ich mit dir verspürte.

So weit weg
Von all der Wärme,
Die mich schützte,
Als du es nicht tatest.

So weit weg
Von all meinen Träumen,
Die ich für dich aufgab.

So weit weg.

Herzzerrissen

Sag mir
Wie weit werde ich kommen
In diesem Kampf
Gegen mich selbst?

Flut deiner Träume

Gestorben in der Flut
Deiner Träume
Halte den Atem an,
Während ich in den Tiefen
Der Dunkelheit versinke.

Bleib wachsam, sagten sie,
Doch meine Sinne blieben taub.
Mitten in den Wellen
Erfasste mich der Sturm aus Angst,
Trug mich fort
Zum Herzen des Ozeans.

Umzingelt von Freiheit
Erwache ich
Mit neuer Erkenntnis
Als Perle meines eigenen
Meeres.

Hier, doch nicht bei mir.
Dort, doch nicht bei dir.
Wo nur blieben sie stehen, unsere Herzen?

Und mittlerweile,
ja mittlerweile habe ich verstanden,
dass unsere Welt nicht die ist,
die wir beide brauchen.

Denn wir beide, wir sind Poesie in einer Welt, die das Lesen verlernt hat.

Hoffnungsreise des Schicksals

Im Glanze der Sonne
gefriert mein Verstand,
süß und schmerzhaft
im neuen Gewand.

Im Schutze des Angriffs
zerfällt meine Hoffnung,
so friedlich wie das Morgenrot,
ertränkt im Feuer
der Gegenwart.

Im Seiden des Mondscheins
wandert es fort,
sehnlichst erwartet
an einem fremden Ort.
Ohne Gefühl und ohne Verstand,
zerbricht mein Herz
neben Alice im Wunderland.

Ein einziger Atemzug

Wenn ich nur einen Atemzug hätte,
Bekanntlich zwischen Geburt und Tod,
Was würd ich tun?
Was würd ich tun, wenn ich bemerke,
Dass ich nicht genügend Luft geholt habe?

Luft verfängt sich
Tief in meiner Lunge
Wie kann es sein, dass ich
Am Leben gehalten werde,
Von meinem eigenen Körper,
Gegen den ich so hart kämpfe?

Wie kann es nur sein,
Dass meine Lunge mich trägt,
Jeden Atemzug,
Wenn sie doch schlussendlich verliert?
Den Kampf, von dem niemand weiß,
Ob er für oder gegen mich war.

Unberührt

Je länger ich darüber nachdachte,
was geschehen war,
desto schwerer wurde
der Stein,
der mein Herz nach unten drückte.

Du sagtest
Manchmal müssen wir die Herzen anderer brechen, um unser eigenes zu retten, aber als du meins gebrochen hast, war deins längst gestorben.

Das Problem dabei ist:
Jeder Mensch, weiß, wie man liebt, doch nur die wenigsten wissen, wie man wieder aufhört.

Und Spoiler: Ich weiß es nicht.

Pralle Sonne
beflügelt meine Gefühle,
während meine Seele in mir tanzt
und darauf wartet,
dass du zurückkehrst.

Begrüßung des Grauens

Inmitten der aufgehenden Sonne
Empfing mich
Die Kälte.
Immer weiter stieg sie empor
Und verdunkelte meine Sicht
Auf den Morgen,
Den ich seit Langem fürchtete.
Nun stand er vor mir,
Mit eisigem Atem
Und wartete, dass ich ihm
Verzieh.

Nicht und Doch

Habe ich niemals beachtet?
Nie hingesehen?
Nicht bemerkt,
Wie deine Stimme leiser und
Dein Herzschlag schwächer wurde?

Tote Worte

Tote Worte
Ohne Atem
Aus deiner Seele
Jede Nacht

Ein Hauch von Leben
Erhellt deine Augen
Doch in Wahrheit
Bleibst du stumm

Aussichtslos

Verflucht
Vom Schicksal des Lebens
In Goldstaub gehüllt
So wunderschön
Und doch so tödlich
Dein Herz
Versucht zu entkommen
S-t-i-l-l-s-t-a-n-d.

Aufopferung

So lange habe ich zugesehen
Nichts unternommen
So lange habe ich gehofft
Es würde besser werden
Nichts unternommen
So lange habe ich den Atem angehalten
Damit du genügend Luft bekommst
Zu spät

Zu lange habe ich dich angesehen
Nichts unternommen
Zu lange habe ich mich ablenken lassen
Nichts unternommen
Zu lange habe ich die Luft angehalten
Um sie dir zu schenken
Bis ich selbst keine mehr besaß

Erinnerung

Ich verlor dich.
Und mit dir,
Einen Teil von mir selbst.
Dich fand ich wieder,
Doch ich selbst blieb verschollen.

Trost(los)

Und jedes Mal aufs Neue
fragte ich mich, was ich übersehen hatte.
Wie mir das entgehen konnte.
Nur eine Sekunde die Acht entzogen.
Kein Rückgang.

Teufelskreis

Jetzt habe ich verstanden, dass
wir uns den Kopf über genau die Dinge zerbrechen,
die das Herz nicht verstehen kann.

Und je länger wir nachdenken,
desto schlimmer werden die Gefühle,
die das Herz von innen heraus zerfressen.

Die Kunst des Teufels

Eine Seele, so liebevoll und schmerzhaft.
Ein Herz, so stark und doch so schwach.
Ein Geist, so rein und doch so trüb.
Ein Leben, so bunt und doch so grau.

Eine Krankheit, so reinigend und doch so tödlich.

Nur Mut

Berührungen heilen, retten, leben.
Nur ein einziges Mal den Mut haben,
Dir Mut zu schenken,
Obwohl ich selbst keinen habe.

Ein Lächeln ohne Herz,
Gefangen im Eis,
Das nur mit Mut gebrochen werden kann.

Erfolglos.

Gefühlslose Sinne

Du weißt doch, was mich zweifeln lässt.
Was dafür sorgt,
Dass die Hoffnung mich verlässt.
Du siehst mich lächeln,
Doch meine Zuversicht ist nur geborgt.
Wer will sich bloß an mir rächen?

Ich schaue, aber sehe nicht mehr.
Ich höre, aber verstehe nicht mehr.
Ich fasse an, aber berühre nicht.

Seelenkampf

Und manchmal, da
sitzt der Schmerz zu tief
in der Seele, um
dich heilen zu lassen.

Manchmal, da
versuche ich zu entkommen
aus all den hässlichen Welten, die
mein Körper trägt.

Manchmal, da
liege ich auf der Wiese und
versuche die Sterne zu zählen, doch
vergesse dabei zu atmen.

Manchmal, da
trete ich auf der Hoffnung herum, weil
sie mir nicht hilft, aber
dadurch zerstöre ich sie.

Manchmal, da
verliere ich meine Gedanken in
der dunklen Ewigkeit und
nichts und niemand kann
sie mehr befreien.

Manchmal, da
vergesse ich, wie sich leben anfühlt.

Richtungswechsel

Mir war nie bewusst,
wie stark ich unter deinem Schmerz litt,
bis mein Herz eines Abends
für einen Moment lang stillstand.

Abstand war der Schlüssel,
den ich unbedingt brauchte,
aber keinesfalls wollte.

Es heißt,
zwei Herzen seien stärker als eins,
doch was bringen uns zwei Herzen, wenn sie sich
gegenseitig zerstören?

Verderben

Ich hatte mich nie getraut
Dir zu sagen, was ich empfand.
Wie schnell mein Herz zu pochen begann,
wenn deine Stimme ertönte.

Ich war deine Hoffnung
An den dunkelsten Tagen.
Und ich hatte verdammt noch mal Angst,
Ich könnte zu deinem Verderben
An den guten Tagen werden.

Er wird gewinnen, versprach er mir,
Doch der Teufel hatte die Finger gekreuzt.

Verruchte Wahrheit

Und wieder einmal wusste ich,
Dass meine Worte
Dich nicht erreichen.
Dass sie abprallten,
An der Glasscheibe
Kurz vor deinem Geist.

Du sahst, hörtest, fühltest
Und nahmst mich dennoch nicht wahr.
Denn da war so viel mehr zwischen uns
Als pure Distanz.

Veränderungen, die uns trennten.
Veränderungen, die ich niemand hatte wahrhaben wollen.
Veränderungen, die mir die Hoffnung nahmen …
Und dir deinen Herzschlag.

Wunschlose Stärke

Was kann stärker sein als das menschliche Herz?
Was kann stärker sein als der Wille zu leben?
Der Schmerz, den du spürst?
Das Leid, das dich Tag für Tag quält?

Ich will es nicht einsehen,
Doch kenne ich die Antwort.

Der Wille, in Frieden gehen zu können.

Verankert

- Dein letzter Wunsch -
Das Rauschen des Meeres
Es heilt dich.
Es befreit dich.
Es verlässt dich.

Und während dein Blick nur den Wellen gilt,
Spüre ich die Tränen in deinem Herzen.

Ein letzter Atemzug,
Bevor dich der Anker
Für immer
Auf den Grund des Meeres zieht.

Mit purer Verzweiflung greife ich ins Wasser,
Doch ich bekomme dich nicht mehr zu fassen.
Unsere Blicke, ein einziger Hilfeschrei,
Doch unter Wasser hört uns niemand.

Blitzschlag ins Herz

Das Leben war unfair,
das wusste ich schon immer.
Doch dass der Tod es ebenfalls war,
machte alles nur noch schlimmer.

Akzeptanz war mir fremd,
und Vergänglichkeit traf mich schwer.
Zu groß war der Schock
vom Tag am Meer.

Ein Sandstrand so warm,
ein Lufthauch so klar.
Plötzlich passierte es
am Rande der Bar.

Das Stechen zu tief,
die Atmung zu flach.
Und im nächsten Moment
war dein Herz zu schwach.

24 Stunden des Grauens

Morgengrauen
An jenem Tage
Als dein Herzschlag schwächer wurde
Als deine Worte verblassten
Und wir gemeinsam das Schicksal hassten.

Mittaghitze
An jenem Tage
Als dein Lächeln erstarb
Als deine Augen sich schlossen
Und wir gemeinsam durch die Unendlichkeit schossen.

Mitternacht
An jenem Tage
Als mein Leben sich veränderte
Als meine Hoffnung verschwand
Und ich allein in mir zerbrach.

* * * * * * * * * * * *

Stillstand

Und plötzlich zählte sie
nur noch ihren eigenen
Herzschlag.

Meer des Elends

Dunkles Blut
Über meinen Fingern,
Bahnt sich einen Weg
Durch die Gitter
Meines Schmerzes
Mitten in den Sturm
Aus Verletzlichkeit.

Meine Knochen erzittern,
Versuchen zu entkommen
Spannung
Von meiner Brust
Durch meinen Körper.
Wie ein Elektroschock
Im Tiefschlaf
Vergeblich.

Immer weiter reißt die Naht
Aus Lügen
Die mich zusammenhält.
Mauern krachen ein
Begraben mich
Ich schreie, kämpfe, verliere
Gegen all die Trümmer
Gewoben aus Trauer und Furcht.

Zerschmettert

Allein
Im Dunkeln
Ohne Hoffnung
Vertrauen
Liebe.

Allein
Im Licht
Ohne Hass
Zweifel
Wut.

Allein
Im Traum
Ohne Glaube
Zuversicht
Glück.

Allein
Im Kopf
Ohne Ausweg
Lösung
Rat.

Allein
Im Leben
Ohne Kraft
Hilfe
Sinn.

Zu tief sitzt der Schmerz, der
Mich in jener Nacht heimsuchte.
Zu tief ist die Wunde, die
Das Messer der Angst in mein Herz schnitt.

Immer wieder brach dein Herz,
Immer wieder setzten wir es zusammen.

Habe Vertrauen, sagten sie.
Er wird es schaffen, sagten sie.

Ich dachte, deine Wunden seien zu tief.
Ich dachte, du leidest unendlich.

Doch in Wahrheit war ich diejenige,
Die den größten Schmerz empfand.

Scheinwelt

An jenem Abend
Der Stich durchs Herz
Wollte nur noch flüchten
Mitten ins Reich der Träume
Wo meine Seele
Endlich ruhen konnte.

Beflügelt von Angst
Versuchte sie zu entkommen
An einem anderen Ort
Hoffnung zu finden
Obwohl sie längst mit dir gestorben war.

Viel zu lange
Verwandelt in Trance
Bis der Nebel immer dichter wurde
Und meine Welt verblasste.

Gefangen
In den Ketten
Der Trauer.

Verlassen.
Verzweifelt.

Allein.

Goldrosen

Und jeden Sonntag aufs Neue
Schenktest du mir eine Rose.
Eine goldene Rose
Für eine weitere Woche,
Die dein Leben gegen den Tod gewann

26 Rosen
Bevor das Licht der Welt
Dich in die Dunkelheit zog.

26 Male gelacht
Bevor dein letztes Lächeln erstarb.

26 Male gehofft
Bevor die Unendlichkeit unsere Hoffnung tötete.

(Un)Bestimmung

Ich bin allein, ohne dich.
Fühle mich leer, verloren.
Gefangen in der Zukunft meiner Vergangenheit.
In Endlosschleife durchs Universum gezogen.
Mit starkem Herzschlag, ohne Leben.
Auf dem Spielbrett verschoben, ohne Bestimmung.
Aus dem Leben gerissen, ohne Sinn.

Kaltes Eis, tief in meinem Herzen.
Dein Leben, wie die Schneeflocke auf meiner Zunge, die den weiten Weg vom Himmel auf sich nimmt, nur um lautlos und unbemerkt zu sterben.

Mondmitternacht

Dein Licht so tief
Bei Mitternacht
Findet den Weg
Durch mein Fenster
Direkt in meine Seele
Sieht dabei zu, wie die Tränen
Meine Wangen hinunterinnen.
Verborgen in mir.
Endlich habe ich das Gefühl,
Dass mir jemand zuhört.
Jemand ganz Besonderes.

Schuldgefühl

Es waren deine Worte,
die mich heilten.

Es waren meine Worte,
die dich zerstörten.

Verschlossen

Und doch bewahrt dein totes Herz
die lebendigsten Geschichten.

Nie wieder

Lebe weiter.
Schließe ab.
Lass los.

Wie nur?

Ich trage den Mantel
Gewoben aus der Trauer,
Die mich einst erfrieren ließ.
Spüre Gefühle, so machtvoll,
Dass Worte sie niemals tragen könnten.
Lächle in Momenten, die du nie erleben kannst.

Rettung

Wie kann ich nur schreiben,
Wenn deine Worte meine Inspiration waren?
Fort. Doch nie vergessen.
Ich dachte, du seiest meine Quelle,
Doch du lehrtest mich das Gegenteil.
Such nicht bei mir, suche bei dir, pflegtest du zu sagen.
Dir war klar, dass ich mich selbst zerstörte,
Bei dem Versuch, dich zu retten.
Jetzt verstehe ich endlich.

Genug

Ich bin nicht schwach,
nur weil ich Angst habe.
Ich bin nicht dumm,
nur weil ich keine Antwort kenne.
Ich bin nicht wertlos,
nur weil andere mehr Erfolg haben.
Ich bin nicht hässlich,
nur weil ich mein Spiegelbild nicht anlächeln kann.
Ich bin nicht unvollständig,
nur weil ein Teil von mir gestorben ist.

Ich bin menschlich.
Ich bin wertvoll.
Ich bin genug.

Wille

Manchmal bedeutet
Ich will leben,
dass man es versucht.

Manchmal bedeutet
Ich will leben,
dass man endlich fühlt.

Manchmal bedeutet
Ich will leben,
dass man zweite Chancen gibt.

Manchmal bedeutet
Ich will leben,
dass man lernt, loszulassen.

Tagebuch unserer Herzen

Herzen vermissen nicht,
solange sie leiden.
Herzen vergeben nicht,
wenn sie gebrochen wurden.
Herzen verlieren nicht,
was ihnen gehört.

Sternenlichter

Die tiefsten Versprechen sind die,
die uns am meisten Schmerzen bereiten.
Wir wollten ewig leben
und den Sternen beim Wandern zusehen.

Nun liege ich allein im Gras
und suche dich am Himmelszelt.
Ich schenke dir mein Licht,
damit du heller strahlst als alle Sterne
und ich dich endlich wiederfinden kann.

Dankbarkeit

Ich vermisse dich.
Jeden Tag, wenn ich die Augen öffne.
Ich vermisse dich.
Und mit dir mein Leben, das ich so lieben wollte.
Du sagtest, ich solle einfach atmen und genießen.
Jeden Tag, wenn ich die Augen öffne.
Ich tat es
Für dich.
Doch mittlerweile
Tue ich es
Für mich.

Bestimmung

Du warst der Meinung, es gäbe zwei wichtige Tage
im Leben jedes Menschen.
Der Tag, an dem man geboren wird,
und der, an dem man herausfindet
w a r u m

Worte sind machtvoll.
Sie können ein Leben retten
und im selben Moment ein anderes
zerstören.
Während sie dir dein Leben nahmen,
schenkten sie mir das, wonach ich
immer gesucht hatte.
Die Gewissheit, eine Stimme zu besitzen,
die Leben retten kann, obwohl sie deines
nicht retten konnte.

Neuanfang

Trauer ist nichts
Schlechtes
Sie hilft
Loszulassen
Obwohl man
Festhalten möchte

An Menschen,
Die uns so viel bedeuteten,
Dass wir für sie sterben würden.
Doch in Wahrheit sind sie die Helden.
Sie sterben, damit wir leben können.
Abschließen können.
Aufhören zu kämpfen, zu weinen, zu leiden.

Eudaimonia

Ich war auf der Suche nach Glück,
Doch fand ich es nie.
Verzweiflung,
So groß, dass sie Welten bewegen konnte.
Erst als ich aufgab zu suchen,
Fand das Glück schließlich zu mir.

*

Wieso habe ich nie geglaubt, dass auch Dunkelheit leuchten kann?

Zuversicht

Ich werde leben.
Jeden Tag, den du nicht leben kannst.
Ich werde lachen.
Jeden Tag, an dem du es nicht kannst.
Ich werde lieben.
Jeden Tag, an dem dein Herzschlag den meinen berührt.

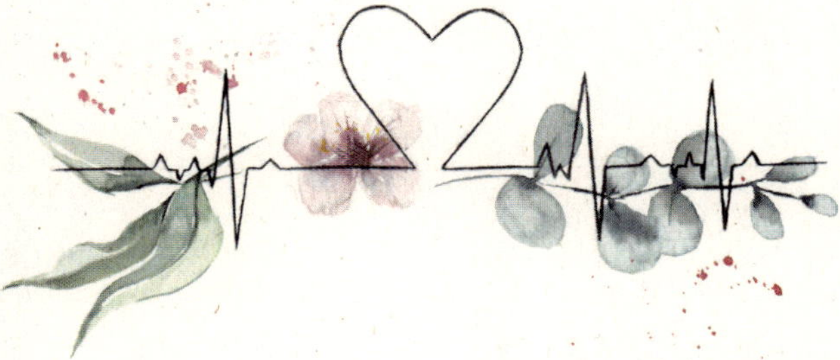

Genesung

Zu leben bedeutet
Schmerz zu empfinden.

Zu leben bedeutet
Tränen zu vergießen.

Zu leben bedeutet
Menschen zu verlieren.

Zu leben bedeutet
fallen zu müssen.

Zu leben bedeutet
wachsen zu können.

Zu leben bedeutet
Heilung zu finden.

Zu leben bedeutet
Erinnerungen zu schaffen.

Zu leben bedeutet
jeden Tag dankbar zu sein.

Zu leben bedeutet
zu atmen, obwohl man ertrinken wollte.

Herzenswunsch

Doch in meinen Gedanken
lebst du unendlich.

Wunder

Meine Seele brach, sie weinte, sie liebte und kämpfte.
Sie lebt.
Und in diesem Moment ist sie stärker als je zuvor.
Ich dachte, ich könne nie wieder schreiben.
Die Worte schienen in mir festzustecken, so, als würde ein Teil von mir sie mit aller Macht festhalten und nicht gehen lassen wollen.
Mit diesem Buch haben meine Worte ihre Freiheit zurückgewonnen.
Und ich werde sie nie wieder verlieren.
Ich hoffe, dass der Rücken dieses Buches stark genug ist, um unsere Geschichte zu tragen.

Ich habe gelernt, an Wunder zu glauben,
obwohl sie unmöglich schienen.
Ich habe gelernt, zu lieben,
jeden Tag.
Ich habe gelernt, stark zu sein,
in einer Welt, die möchte, dass ich zerbreche.

Ich lebe.

Danksagung

Im ersten Moment war dein Herzschlag stark, im nächsten zu schwach, um deinen Körper mit Leben zu füllen. Doch die Momente dazwischen, das sind die wahren Herzschlagmomente. Jeder Augenblick, in dem du mir das Gefühl gegeben hast, absolut genug zu sein, obwohl ich so viele Ecken und Kanten habe.

Ich hoffe, der Rücken dieses Buches ist stark genug, um die Erinnerung an unsere schönsten und traurigsten Herzschlagmomente zu tragen.

Dieses Buch ist unsere Geschichte; unser Schicksal.
Unser Schicksal in Gedichten.
Und solange dieses Buch ihnen Leben einhaucht,
können sie im Herzen für immer fortleben.

Es gibt ein paar Menschen, ohne die ihr diesen Gedichtband heute nicht in den Händen halten würdet. An dieser Stelle geht ein riesengroßes Dankeschön an:

Josh, der für mich da war als es sonst niemand war.

Mama, die jedem stolz von den Büchern ihrer Tochter erzählt.

Anja, die meinen Gedichten den funkelnden letzten Schliff gegeben hat.

Ria, die dem Gedichtband das schönste Cover gezaubert hat, das man sich nur vorstellen kann.

Caro, die dieses Buch mit den süßesten Illustrationen ausgestattet hat.

Sarah und Stami vom Gedankenkunst Verlag, die von der ersten Sekunde an mich geglaubt und mir und meinen Gedichten in ihrem Verlag ein wundervolles Zuhause geschenkt haben.

Meine Angels, die mich jeden Tag bei meinem Traum unterstützen und ohne die ich extrem aufgeschmissen wäre.

Meine Leser*innen, die mir und meinen Büchern so viel Liebe schenken und damit all das hier erst möglich machen!

Ich liebe euch ♥

Saphira

Saphira White
wurde 2003 geboren und ist Autorin, Bloggerin sowie Unternehmerin. Einzigartig, lebendig und chaotisch sind wohl die Worte, die sie am besten beschreiben.

Um den Zwangsgedanken in ihrem Kopf zu entkommen, flüchtet sie sich regelmäßig ins Bücheruniversum.
Saphiras einzigartige Geschichten sind vollgepackt mit prickelnder Eleganz, spannenden Charakteren und leidenschaftlichen Pulsbeschleunigern.
Durch ihre stark ausgeprägte Synästhesie gelingt es der jungen Musikliebhaberin, tiefste Gefühle in Worte zu fassen und zum Leben zu erwecken. Ihrer Feder entstammen Welten, die von rosaroter Young Adult über Poesie bis hin zu Dark Reverse Harem reichen.

Bist du bereit, dein Herz zwischen ihren Zeilen zu verlieren? Dann folge Saphira auf Social Media:

@saphira.white

@saphira.white

Website: www.saphirawhite.de
E-Mail: business@saphira-white.de

Außerdem im Gedankenkunst Verlag erschienen:

Für Fans von Urban Fantasy, Coming-of-Age und Young Adult Romanen

HANDLUNG:

Emma verbringt ihre Zeit am liebsten in der Welt der Bücher. Doch das Ende der Schulzeit rückt bedrohlich näher und sie weiß nicht, wie sie ihr zukünftiges Leben gestalten möchte. Eines Tages trifft sie auf den seltsamen Eli, der sich in ihrem alten Baumhaus einquartiert hat. Nach anfänglichem Misstrauen ist Emma fasziniert von dem geheimnisvollen Vagabunden. Im Gegensatz zu ihr, scheint er genau zu wissen, was er will. Schon bald muss sie jedoch erkennen, dass Eli mehr ist als ein gewöhnlicher Mensch. Ihn umgibt ein Geheimnis, und Emma muss plötzlich die wichtigste Entscheidung ihres Lebens treffen.

Eine Geschichte über die Angst vor der Zukunft und den Mut, seinen eigenen Weg zu gehen.

eBook [978-3-9824752-1-9]
Taschenbuch [978-3-9824752-0-2]

www.gedankenkunst-verlag.de
Autorin: Sarah Scherber
Umfang: 214 Seiten

Eine Reise in das magische Reich der Ideen und der grenzenlosen Vorstellungskraft

Für Fans von psychologischen Romanen und magischem Realismus

HANDLUNG:

Professor Ration Rücke ist der Herr des Verstandes und wohnt in einem kleinen Büro auf der Geistigen Etage der Villa Ego. Seine Aufgabe ist es, Ordnung in die Gedanken zu bringen. Eines Tages erscheint ein farbenfroher Fremder in seinem Büro, der sich als Künstler vom Dachboden bezeichnet. Er ist gekommen, um gemeinsam mit dem Professor eine Geschichte zu schreiben. Dazu muss der Professor jedoch sein Büro verlassen und sich in die Innenwelt begeben. Der skeptische Professor willigt schließlich ein und begibt sich auf eine Reise an Orte, die er nie zuvor betreten hat. Schon bald erkennt er, dass diese Reise nicht nur ihn verändert, sondern auch die Welt um ihn herum. Doch will er das überhaupt?

Die Geschichte ist eine Einladung, den Professor auf seiner Reise zu begleiten. Schließen sich Verstand und Intuition gegenseitig aus – oder können sie vielleicht sogar in Freundschaft zusammenarbeiten?

eBook [978-3-9824752-4-0]
Taschenbuch [978-3-9824752-2-6]

www.gedankenkunst-verlag.de
Autorin: Verena Wild
Umfang: 260 Seiten